Las medias perdidas
de Lorenza Mesttreta

JULIA OTXOA

eolas
ediciones

© Julia Otxoa, 2025

© de esta edición: Eolas ediciones
en colaboración con Club Cultural Leteo

www.eolasediciones.es | **www.clubleteo.com**

Dirección editorial:
Héctor Escobar

Coordinador de colección:
Rafael Saravia

Imagen de cubierta:
Julia Otxoa

Diseño de cubierta:
Javier Arce

Maquetación:
Alberto R. Torices

ISBN: 978-84-10057-97-5
Depósito Legal: LE 122-2025

Las medias perdidas de Lorenza Mesttreta

Serie Relojero de Banaguás

VIENTO HURACANADO
EN CONSTANZA

Aquel día un viento huracanado movió todas las cosas de lugar en la ciudad de Constanza, tiestos, árboles, papeleras, bicicletas, toda clase de objetos rodaban por las calles como frágiles papeles. También la ropa tendida en las terrazas se soltó de sus pinzas y salió volando sin rumbo fijo, varias de esas prendas entraron como alma que lleva el diablo por las ventanas de los despachos del Parlamento y se mezclaron con la barahúnda de documentos, cartas, sobres y carpetas que en ese momento y debido a la fuerte corriente danzaban sin control alguno por todos lados, sin que los reiterados esfuerzos de varios secretarios, asesores técnicos, y adjuntos a comisión de gobierno pudieran restablecer el orden o cerrar al menos los grandísimos ventanales de diseño que cual débiles vidrieras apenas oponían resistencia contra la fuerza del viento.

—¡El caos no podrá con este Parlamento! —gritó el presidente del Congreso, ordenando que de inmediato y haciendo caso omiso a las adversas condiciones metereológicas, se prosiguiera con la dinámica cotidiana de gestión pública que el muy noble Parlamento de Constanza llevaba a cabo desde el advenimiento de la democracia.

—¡Que no se diga que a los representantes del pueblo nos amilana el viento!

Siguió gritando el presidente por los pasillos, rodeado por una aureola de papeles que cual atolondrada nube de mariposas blancas había invadido todo el edificio.

—¡Esto es muy grave, señor! —exclamaba corriendo detrás de él un subsecretario del departamento de industria, sosteniendo en precario equilibrio una altísima torre de papeles y carpetas.

—No sabemos a ciencia cierta qué es lo que estamos archivando, con el viento está entrando documentación ajena desde el exterior que unida a toda suerte de cosas se mezcla con nuestras cartas, con nuestras instancias, con nuestros informes…

El presidente se paró en seco, los ojos le echaban chispas, tenía los cabellos tan revueltos que parecían los de alguien que caminara con un ventilador pegado a la nuca, desencajado se volvió en redondo y gritó de tal modo que la torre inestable de papeles que sin orden ni concierto sostenía a duras penas el subsecretario del departamento de industria que le seguía, a punto estuvo de caer.

—¡Archiven, den entrada a todo, luego ya veremos! Y por todos los santos, ¡cierren esas malditas ventanas!

No dirigía sus gritos a nadie en especial sino a todos en general, mientras bajaba y subía escaleras, mientras entraba y salía de los despachos, acompañado siempre por aquella aureola de documentaciones oficiales y no oficiales revoloteando alrededor de su cabeza, mientras vociferaba:

—¿Qué es este viento para nosotros? ¡Nosotros, los representantes legítimos del pueblo que hemos bregado en mil batallas, no vamos a perder los estribos por una brisa de nada…!

Todo el edificio era un hervidero desordenado de papeles volando y gente corriendo hacia todos lados. En el departamento de la comisión de presupuestos se trabajaba contra reloj, dentro de unos días los nuevos presupuestos se debatirían en sesión especial en el Parlamento y toda la documentación tenía que estar registrada para ese momento, pero debido al fuerte viento, aquella tarde todo andaba manga por hombro dentro del despacho.

En una gran mesa rectangular se apilaban innumerables paquetes de folios con los nuevos presupuestos, tras ellos cinco secretarios y un asesor técnico registraban, fechaban, sellaban, controlaban la documentación. En aquellos momentos trabajaban en duras condiciones, la fuerte corriente reinante en todo el edificio hacía que toda suerte de cosas provenientes del exterior se les posaran constantemente sobre la documentación que gestionaban, mientras ellos trataban de apartar los objetos voladores a manotazos como si se tratase de moscas.

Los cinco secretarios y el asesor técnico maniobraban tan de prisa con todos aquellos documentos, movían tan furiosamente sus brazos, que parecían la viva imagen de Shiva, la diosa india de los mil brazos. De pronto, irrumpió en el despacho la despeinada cabeza del presidente del Parlamento, su voz atronadora agitó aún más las cosas que volaban por todas partes:

—¡Y ustedes trabajen ajenos todo, los presupuestos se debaten dentro de dos días, y no valen justificaciones de vientos ni de otras historias! ¿Me entienden?

Los seis hombres se volvieron hacia él y asintieron con sus cabezas, y cuando desapareció siguieron trabajando con mayor frenesí, como seis muñecos a los que les hubieran dado cuerda, hasta el punto de que uno de los secretarios en su afán por adelantar el trabajo, alcanzó tal velocidad sellando y registrando los documentos que volaban entre sus dedos, que no observó cómo entre ellos se habían colado un par de medias de seda marca *Mary Sony* pertenecientes a la señora Lorenza Mestretta, que debido al viento huracanado se habían soltado de las cuerdas donde estaban colgadas y habían echado a volar hasta acabar entre la documentación de los nuevos presupuestos. Así que el par de medias quedó flamante con aquel sello que registraba el día en el que habían entrado volando por las ventanas del Parlamento.

Justo media hora después de este incidente llegó Lorenza Mestretta, entró en el edificio como una exhalación, el conserje de entrada del edificio intentó frenar su carrera pero ella exclamó:

—¡Mis medias! —Y siguió adelante—. ¡Eran carísimas, de la marca *Mary Sony*! Mi nieto las ha visto entrar aquí.

Todo esto lo iba diciendo sin dejar de correr, como si la más mínima pérdida de tiempo fuera fatal en la búsqueda de sus medias. El conserje corrió tras ella, pero fue inútil, Lorenza Mestretta subía de cuatro en cuatro las escaleras, y el conserje se limitó entonces a avisar por teléfono al conserje de la primera planta que una señora enfurecida subía con no sé que reclamación sobre unas medias.

Allí arriba, Lorenza Mestretta fue de despacho en despacho buscando sus medias, pero nadie le supo dar razón de ellas, porque aquel secretario de la comisión de presupuestos, que había puesto tal ímpetu en trabajar de prisa, no se había dado cuenta de que en un momento dado en lugar del correspondiente folio, lo que había sellado en realidad era el par de medias de Lorenza Mestretta, pero ninguno de los funcionarios que le acompañaban se había percatado de semejante circunstancia, y las medias marca *Mary Sony* habían quedado camufladas entre los cientos de hojas de los presupuestos generales, que en espera de ser debatidos dentro de unos días, permanecían apilados en una de las estanterías del despacho de la comisión de presupuestos generales. Así que cuando Lorenza Mestretta recorrió todo el edificio preguntando a unos y otros por sus medias, todos contestaron de la misma forma, absolutamente nadie sabía nada del asunto.

Una vez que Lorenza Mestretta hubo abierto todas las puertas de los despachos y no le quedó un solo parlamentario, secretario o conserje a quien preguntar, el director del Departamento de Asuntos Sociales, consideró que la persona que había informado a aquella señora sobre la entrada de sus medias en el edificio del Parlamento podía haberse equivocado y que lo más adecuado era que alguien le comunicara cuanto antes esa posibilidad, sugiriéndole además que, por todo ello, lo mejor era abandonar en el edificio la búsqueda de sus medias.

Así se hizo, pero ella no aceptó de ninguna de las maneras.

—Me siento estafada —dijo y se sentó en las escaleras.

Vinieron varios parlamentarios a pedirle amablemente que se fuera, pero como no quería hacerlo y se agarraba con todas sus fuerzas a los barrotes de la barandilla, hubo que llamar a dos de los conserjes que se la llevaron casi en volandas escaleras abajo, mientras ella hecha una furia gritaba:

—¡Ladrones, hacer esto con una pobre mujer!

No paró de gritar y hablar sola hasta llegar a su casa, allí los vecinos asomados a las ventanas la vieron llegar y se compadecieron de ella.

Lorenza Mestretta vivía en uno de los barrios periféricos de la ciudad, sus vecinos eran todos gente humilde como ella, cuando la vieron llegar indignada sin sus medias, no se lo podían creer, aquella mujer había llevado una vida dura a más no poder, viuda desde muy joven había tenido que sacar adelante sola a sus cinco hijos, recogiendo trozos de carbón que perdían los camiones de reparto, limpiando escaleras, cosiendo florecitas de papel para una famosa tienda de artículos de fiesta. Todo lo había hecho con alegría, logrando vivir digna, aunque austeramente, y dar estudios primarios a todos sus hijos, recientemente se había casado el mayor de ellos, y ella, para ir guapa a su boda, juntando unos ahorrillos, se había comprado aquel par de medias de moda, marca *Mary Sony* que a todas horas se anunciaban en televisión y que llevaban unas espléndidas y bellísimas señoritas que aparecían elegantísimas en grandes vallas por toda la ciudad.

De modo que aquellas medias eran para la señora Lorenza Mestretta una joya, un jarrón de porcelana chino, jamás había tenido algo parecido, porque nunca tuvo suficiente dinero para ello, y sólo ahora que sus hijos habían comenzado a trabajar podía ahorrar algo para pequeños caprichos. El día que se las compró todo el barrio se enteró, se lo contó a todo el mundo, fue como si en lugar de medias se hubiera comprado un collar de oro y diamantes. Por eso ahora que la veían venir del Parlamento derrotada y hablando sola, les entristecía profundamente que alguien pudiera quedarse por las buenas con aquello que para ella era tan importante.

Cuando el viento cesó, la noticia de la pérdida de las medias de Lorenza Mestretta se extendió rápidamente por todos los barrios de la ciudad. Al anochecer, una manifestación improvisada fue surgiendo desde la periferia dirigiéndose hacia el Parlamento, a la cabecera de los manifestantes iba una única pancarta con un gran texto pintado en verde que decía: *¿Dónde están las medias de Lorenza Mestretta?* Cuando llegaron, la multitud de la manifestación desbordaba la calzada extendiéndose sobre los jardines y parte de la carretera, como si se tratara de un río multicolor crecido y silencioso. Mientras, una pequeña comisión de vecinos entró en el edificio y pidió audiencia.

—Escúchenme con atención —les dijo condescendiente el director de Asuntos Sociales, saliendo a su encuentro por el pasillo del primer piso—. Tienen que comprender que el viento de esta tarde ha sido algo totalmente extraordinario que ha dejado desordenada al máximo la ciudad, ustedes mismos pueden comprobar por el estado en que se encuentran las dependencias de este edificio, que aquí dentro reina el caos, que estamos realizando un supremo esfuerzo para que la normalidad vuelva lo antes posible a esta institución, no siendo este el momento más adecuado para presentar ningún tipo de reclamación, debido a que todavía estamos evaluando el nivel del desorden causado por el viento, y nos sería imposible atenderles todo lo bien que quisiéramos.

»Teniendo en cuenta, además, que el par de medias que ustedes reclaman no haya entrado tal vez en este edificio sino en el contiguo, el correspondiente al Ministerio de Sanidad. ¿Han preguntado ustedes ahí?

—No hace falta —dijo con firmeza uno de los vecinos—. Las medias de Lorenza Mestretta están aquí, su nieto las ha seguido y las ha visto entrar volando aquí.

—En ese caso —dijo el director de Asuntos Sociales—, les ruego que teniendo en cuenta la situación creada en esta institución a causa del extraordinario viento de esta tarde, esperen a que el Gobierno una vez inspeccionado todo el edificio, elabore un informe detallado con la lista de objetos que accidentalmente han entrado volando por las ventanas de este Parlamento, dicho informe se hará publico en todos los medios de comunicación.

—¡Muy bonito! —dijo levantando la voz una señora al fondo del grupo—. Nos despacha con bonitas palabras. Claro, como somos pobres…

Tras esta intervención cargada de reproche el director de Asuntos Sociales se rascó nervioso la nuca, siempre lo hacía cuando se sentía desbordado por los acontecimientos, hasta el punto de lucir a la altura de la misma y debido sin duda a la frecuencia de sus rascamientos, una considerable calva, que daba a la parte posterior de su cabeza un extraño aspecto de tercer ojo ciego.

Tras la intervención de aquella mujer hubo más murmullos, pero al final, todos bajaron ordenadamente la escalera y se despidieron de aquel hombre que les había hablado y que ahora de pie en el primer escalón, les daba un apretón de manos a cada uno, como quien da caramelos a unos niños traviesos esperando que se calmen y se marchen cuanto antes.

Una vez que el director de Asuntos Sociales hubo despedido a todos, se dirigió a su despacho reflexionando sobre la frase dicha por aquella mujer: «Claro, como somos pobres…».

¡Pobres! Aquella palabra le hacía recordar algo… Entró en su despacho y mientras despejaba su mesa de un sinfín de desordenados documentos que el viento había movido de lugar, se acordó del Congreso Internacional sobre la Pobreza que había tenido lugar en Constanza el año pasado. ¡Qué días aquellos! ¡Qué riqueza lingüística la de los ponentes! La mayor parte de las ponencias presentadas eran valiosos trabajos de investigación que desde diferentes ópticas psicológicas, filosóficas, económicas, culturales, etc., habían tratado de determinar con total exactitud el término «pobreza».

El Congreso concluyó con una solemne declaración de principios por parte de todos los congresistas en la que se hacía constar cómo para tratar el tema de la pobreza en el mundo, era absolutamente necesario distinguir primero qué se entendía por «pobreza», y dado que eran muchos y diversos los ángulos de vista que sobre dicho fenómeno habían sido expuestos, se estableció por voluntad mayoritaria de todos los allí presentes, escoger como determinación esencial para avanzar, un mínimo común consensuado sobre el que preparar el próximo congreso, optando por la definición que María Moliner realiza de la palabra «pobre» en su diccionario del uso del Español y que dice así:

Pobre. Del latín «pauper, -eris»; v.: «pauperismo, paupérrimo; depauperar». Se aplica a las personas que tienen poco dinero o pocos bienes de cualquier clase: 'Un barrio habitado por familias pobres'. Se aplica, en plural, como denominación de clase, cuando se habla de «pobres y ricos», a la gente que vive estrechamente de su trabajo. Se aplica en derecho a las personas que tienen legalmente esa consideración para concederles gratuitamente ciertos servicios, como el ingreso en el hospital o la defensa gratuita en un juicio civil o criminal: 'Pleitear por pobre'. Otra forma de la raíz, «pauper»: 'depauperación, pau-perismo, paupérrimo'. >. v.: Acogido, afamado, asilado, brodista, desacomodado, desarrapado, desbragado, descamisa-

do, desharrapado, desheredado, desnudo, desva-
lido, pobre diablo, espilocho, famélico, galdido,
galdudo, ganapán, gandido, muerto de hambre,
hambriento, humilde, indigente, inope, lame-
platos, lázaro, mendigo, menesteroso, mezquino,
miserable, de mala muerte, necesitado, pobretón,
proletario, raído, seráfico, sopista, tagarote, ver-
gonzante. Chinaca, pobretería. Estar sin blanca,
no levantar cabeza, carecer, no tener casa ni ho-
gar, no tener un chavo, comerse los codos, no tener
más que el día y la noche, malvivir, vivir de mi-
lagro, no tener una peseta, no tener donde caerse
muerto, estar en las últimas, vivir mal. Donde no
hay harina todo es mohína. Arruinar, depaupe-
rar, desangrar, empobrecer, quedarse en la calle.
Quedarse sin camisa, fundirse, perecer. Ahogo, es-
casez, estrechez, falta de medios, indigencia.

De todas formas —pensaba el director del
Departamento de Asuntos Sociales, rascándose
de nuevo la nuca y recordando algunos térmi-
nos de aquella definición de «pobreza» que hacía el diccionario de María Moliner, *vivir mal,*
ahogo, perecer, etc.—, en el próximo congreso
sobre la pobreza habría que determinar a su vez
muchos vocablos que determinaban la palabra

«pobreza», porque por ejemplo, ¿qué se entendía por vivir mal? ¿Y por ahogo? ¿Acaso todos los que se ahogaban en el mar o en los ríos eran pobres? Todo aquello era muy relativo. No, no resultaba nada fácil determinar que era aquello de ser pobre. El camino hacia su total concreción iba a ser sin duda alguna lento, pero algún día llegaría y ese día podría comenzar el tan esperado congreso sobre la solución de la pobreza en el Mundo.

Una vez ordenada la mesa, se paró frente a la ventana, miró a la calle y pensó de nuevo en la frase cargada de reproche dicha por aquella mujer. ¿Qué sabía ella? Porque vamos a ver, ¿a qué tipo de pobres se refería, a qué clase de pobreza? En Constanza como en otras ciudades había muchas clases de pobres. ¡Qué indeterminación Dios mío! A estas alturas de sus pensamientos y sin darse cuenta de ello, había comenzado a hablar en voz alta frente la ventana. De modo que todo un congreso de economistas, políticos, científicos, lingüistas, se habían devanado la sesera durante cinco días tratando de determinar con exactitud el significado de «pobreza» y aquella señora esgrimía de cualquier forma aquel «Somos pobres…» y se quedaba tan ancha, claro, la ignorancia es así. ¡Qué le importaba a ella la ambigüedad, la falta de concreción! ¿Qué sabía ella de la investigación científica?

El Departamento de Asuntos Sociales que dirigía era ejemplo en organización de congresos, elaboración de estudios, estadísticas… En fin, todo lo relacionado con los temas sociales era objeto de riguroso análisis. Porque las soluciones, las ayudas sociales debían darse en base a una investigación, no a tontas y a locas, por ese motivo en los quince años que llevaba como director de aquel departamento no había concedido ni un solo euro a cuantos habían venido a reclamar auxilio, a todos ellos los había despedido con la firme promesa de estudiar su caso, y efectivamente así había sido, en las estanterías de su despacho se apilaban en riguroso orden de entrada todos los informes y peticiones. Aquel material era luego investigado concienzudamente por el equipo técnico del departamento y en ello estaban.

Claro que la gente muchas veces no comprendía como su departamento no repartía los fondos que para la pobreza tenía asignados el Gobierno, pero qué se iba a esperar de la ignorancia… Aquellos fondos se habían gastado en su integridad en la elaboración de informes, estudios… en fin, en la organización de los distintos congresos…

El director del Departamento de Asuntos Sociales interrumpió su discurso frente a la ventana, al entrar un secretario de presidencia que requirió urgentemente su presencia en el despacho del presidente del Parlamento.

Cuando el director del Departamento de Asuntos Sociales llegó al despacho del presidente del Parlamento, constató que el aspecto de su presidente no era nada bueno, pálido, desencajado y con los pelos revueltos, era la viva imagen de un hombre al límite de sus nervios, pero haciendo como que no se daba cuenta, preguntó aparentando una serenidad que estaba muy lejos de tener en aquellos momentos:

—¿Qué desea, señor?

—Siéntese, le he mandado llamar porque necesito hablar con usted sobre la grave situación creada por el viento en este Parlamento con los objetos que han entrado volando desde el exterior —respondió el presidente pasándose las manos por el pelo en un inútil intento de peinar su desordenada cabellera—. ¿Se ha hecho ya algún recuento de los mismos?

—No lo creo, señor —respondió el director de Asuntos Sociales—. No nos ha dado tiempo todavía, en realidad no hace ni media hora que ha cesado el viento. Pero ya había pensado en la realización de un informe detallado de objetos.

—Está bien —dijo preocupado el presidente del Parlamento apoyando la frente sobre la mano derecha—, habrá que trabajar con rapidez, ya me he enterado del lamentable asunto de las medias de la señora Lorenza Mestretta, imagínese si ahora le da por venir a la gente reclamando cosas, es necesario estar preparados para poder responder a todas aquellas demandas que puedan hacerse.

¿Qué quería decir exactamente el presidente con aquello de estar preparados? Se lo hubiera preguntado pero no se atrevió. A pesar de que nada le hubiera gustado más en aquellos momentos que una precisa aclaración del término. El era un hombre al que le gustaba la reflexión, lo que se dice un espíritu filosófico amante de razonar sobre cuanto sucedía a su alrededor, y de estudiar concienzudamente los pros y los contras de las cosas antes de actuar. Ese era uno de los factores de su carácter que más había pesado a la hora de su nombramiento como director del Departamento de Asuntos Sociales.

Pero el presidente del Parlamento le infundía mucho respeto, era éste un hombre que siempre parecía tener prisa, todo lo medía en minutos y segundos, extrapolando también incluso fuera del hemiciclo su misión como coordinador del tiempo de intervención de los distintos parlamentarios que salían a la tribuna a presentar sus propuestas. De tal modo, que aún cuando ya fuera de las sesiones parlamentarias nada le obligaba a regular el tiempo en las distintas conversaciones de trabajo que mantenía con unos y otros, siempre andaba mirando el reloj mientras el otro hablaba, hasta el punto de que en más de una ocasión había sorprendido a su interlocutor con un: «Señoría, lamento informarle que le quedan exactamente cinco minutos», con lo cual, el otro totalmente desconcertado daba por terminada de cualquier forma la charla en cuestión.

Por todo ello el director de Asuntos Sociales prefirió callar y seguir elucubrando sobre qué habría querido decir con aquel: «estar preparados».

—Para mañana quiero un informe completo de todos los objetos ajenos a este Parlamento que accidentalmente y a causa del fuerte viento hayan entrado volando en este edificio, ¿me entiende? —El presidente del Parlamento le miraba ahora escrutadoramente al fondo de los ojos como queriendo adivinar sus pensamientos.

—Sí señor, perfectamente.

El director de Asuntos Sociales comenzó a levantarse de la silla en el preciso instante en que vio al presidente del Parlamento mirar por primera vez el reloj con manifiesto nerviosismo. Aquello para Teobaldo, que así se llamaba el director de Asuntos Sociales, era una clara invitación a desaparecer de allí, a esfumarse inmediatamente. Así que eso fue lo que hizo.

—Muy bien, señor. Se hará todo con sumo rigor —dijo mientras se levantaba y se dirigía con rapidez hacia la puerta.

—De acuerdo —dijo el presidente don Braulio Uriarte mirando de nuevo su reloj.

Teobaldo fue entonces a su despacho y comenzó a reflexionar ante la ventana de cristales rotos, le gustaba pensar con la vista perdida en los tejados, estaba convencido de que aquella posición garantizaba que el discurrir de sus ideas transcurriría próximo a la realidad cotidiana.

Esta vez su mente vagando libremente entre las tejas, las antenas de televisión y las chimeneas humeantes, estudiaba la mejor manera de llevar a cabo el informe oficial de los objetos voladores que habían irrumpido en el edificio del Parlamento.

Al cabo de media hora, y después de que sus ojos hubieran recorrido todos los tejados de los alrededores, Teobaldo decidió sentarse en su mesa y llamar a los directores de área de los distintos pisos del Parlamento para exponerles el plan de acción: cada piso realizaría un informe con los objetos que habían entrado por las ventanas, luego todos los informes se fundirían en uno general, que sería el que luego se presentaría a los medios de comunicación y a la ciudadanía como «Informe Oficial».

Mientras, la indignación crecía por toda la ciudad, en todas partes no se hablaba de otra cosa, nadie podía entender cómo el Gobierno no mediaba en el asunto para que se restituyera de inmediato aquel par de medias a aquella pobre mujer.

En este estado de cosas, cuando dos días después se publicó el esperado informe oficial, la situación empeoró, su efecto fue como echar gasolina en un incendio, ya que entre los objetos que según la administración habían entrado volando por las ventanas del Parlamento, no sólo no figuraban por ningún lado las medias de la discordia, sino que ninguno de aquellos objetos que en teoría deberían tener dueño fue reconocido por ningún ciudadano como propio.

- *Un abrigo escocés*
- *Una gorrita azul*
- *Una periquito azul y amarillo*
- *Un par de sandalias indias de cuero*
- *Un peine de nácar*
- *Un pantalón a rayas*
- *Un mantel y doce servilletas a juego*

- *Una cortina de baño, etc., etc. Hasta conformar una lista de 50 objetos aparentemente sin dueño*

Como ya he dicho, este informe oficial fue la gota que acabó por hacer rebosar la indignación general. Extendiéndose el rumor de que el Gobierno, incapaz de solucionar el tema de Lorenza Mestretta, se había inventado aquella lista de objetos para justificar que sólo de cuanto aparecía en ella estaba obligado a responder ante la sociedad.

El Gobierno estaba empezando a preocuparse seriamente por las proporciones que estaba adquiriendo el tema en la calle y en los medios de comunicación, todo aquello estaba produciendo una gran convulsión en la sociedad. La tensión se sentía también en el hemiciclo del Parlamento, los debates entre los diferentes representantes políticos eran duros, unos y otros se reprochaban mutuamente la culpabilidad de la situación de indignación popular creada a raíz del extraño caso de la desaparición de las medias de Lorenza Mestretta.

La oposición dejó claro en su discurso que

lo importante no era quedarse anclados en aquel par de medias, sino ir más allá, profundizar en las causas del problema, es decir, analizar el porqué de aquel viento huracanado que había irrumpido con tal violencia sobre Constanza. Los motivos de la catástrofe no eran otros según la oposición, que la negligencia del Departamento de Medio Ambiente.

—¿Cuántas veces señor presidente, señorías del partido en el Gobierno —decía vehementemente el líder de la oposición Arcadio Bracamonte, haciendo uso de su tiempo de intervención parlamentaria, asiendo con tal fuerza al extremo del estrado, que parecía que de un momento a otro iba la madera a desclavarse de sus ángulos, saliendo disparada por los aires—, no hemos pedido a ustedes que cesaran en esa loca política de talar árboles alrededor de la ciudad de Constanza? ¿En cuántas ocasiones no les hemos hecho llegar informes de organizaciones ecologistas, estudios científicos etc. sobre las desastrosas consecuencias que para el medio ambiente tendría esa desmedida deforestación de nuestro espacio natural?

»¿Acaso no les decíamos en nuestra memoria que sobre el cambio climático presentamos el año pasado, que la desertización creciente de las tierras que rodean a esta ciudad, traería como consecuencia entre otros efectos catastróficos para el clima, la llegada de grandes vientos huracanados, que podrían ir incluso acompañados de considerables trombas de agua e inundaciones?

Tras su intervención, Arcadio Bracamonte abandonó el estrado con el rostro todavía tenso y rojo por lo apasionado del discurso que acababa de pronunciar. Después le tocó el turno de palabra al representante del partido en el Gobierno, Otilio Álvarez, era éste un hombre pálido y enjuto de expresión moderada, que jamás asía el estrado con aquel ímpetu con el que acostumbraba a hacerlo el líder de la oposición, sino que muy al contrario, siguiendo el tratado de retórica de sus admirados maestros Corax y Terencio cumplía fielmente las condiciones que todo buen orador debía tener según la retórica tradicional, cuyo ideario distinguía cinco partes en el arte de la oratoria: la invención, que trata de la búsqueda de ideas y argumentos; la disposición, que enseña a trazar el plan para desarrollar el argumento; la elocuencia, sobre el estilo y el ritmo del lenguaje; la memoria y la acción, sobre la pronunciación y la mímica del orador. Pues bien, siguiendo todo eso, Otilio Álvarez se limitaba a posar suavemente sus manos blancas, casi traslúcidas, sobre el reposa folios, cual leves mariposas dispuestas a echar a volar de un momento a otro, conscientes de que el más mínimo movimiento en falso de sus alas, podía desbaratarlo todo.

Así que repasando mentalmente el tratado de retórica de Corax y Terencio, Otilio Benavides comenzó su intervención mirando tranquilo y suficiente hacia las gradas en las que se sentaban los diputados, interrogando a sus señorías con el mismo tono con el que lo hubiera hecho un profesor dirigiéndose en clase a sus alumnos.

—¿Puede el viento quebrar la confianza que el pueblo ha puesto en el partido ganador de las últimas elecciones? La respuesta es no. La oposición en su insensata actitud de echarnos la culpa de todos los problemas, intenta por todos los medios tergiversar los hechos. Pero su frágil discurso no se mantiene, ya que no sólo no ha existido negligencia alguna por parte del departamento de medio ambiente, sino que la actuación de éste, ha conseguido una serie de incuestionables logros ecológicos, como son por ejemplo la reducción casi total de los nocivos detergentes utilizados hasta ahora en toda clase de limpiezas industriales y domésticas, sustituyéndolos por la inocua acción limpiadora de la arena, materia, que como todos ustedes saben conforma todo el paisaje que rodea a esta ciudad de Constanza. Es decir, hemos deforestado hectáreas y hectáreas de arbolado, hemos acabado con los ríos, pero en compensación, hemos traído hasta las mismas puertas de Constanza el desierto. Gracias a la utilización de su arena, podemos fregar, lavar, limpiar toda clase de objetos sin necesidad de utilizar esas sustancias químicas tan nocivas para el medio ambiente. Constanza es hoy la primera ciudad del mundo que ha conseguido inventar un detergente totalmente inofensivo: la arena. El desierto ha sustituido a los detergentes, pero eso la oposición no quiere admitirlo, porque es un gran avance que les hubiera gustado conseguir.

»Por no hablar, claro está —continuaba con tono seguro Otilio Álvarez—, de la acción extraordinaria de pulido de superficies que conlleva la limpieza con arena, eliminando ésta con su potente acción irregularidades y asperezas en los objetos hasta conferirles un aspecto brillante y liso, difícil de alcanzar por ningún otro producto detergente. Dándose incluso la circunstancia de que aquellos ciudadanos que han utilizado la arena para su higiene personal, han visto como en poco tiempo su piel ha recobrado la suavidad y el brillo propios de la adolescencia, hasta el punto de que su aspecto es ahora inmaculado.

»¿No es esto, pregunto a sus señorías, algo realmente portentoso? No merece la pena haber perdido nuestros bosques, ríos, animales y plantas a cambio de este aspecto angelical que se nos va quedando a todos? El desierto, ya ven tiene sus desventajas pero también sus ventajas.

»Pero no quiero alejarme de la cuestión que nos ocupa, la situación política creada por la pérdida del par de medias de Lorenza Mestretta. Debo decir a este respecto que, si el tema es depurar responsabilidades, hagámoslo. Este

Gobierno propone para ello que el proceso de la investigación se lleve hasta las últimas consecuencias. Se creará de inmediato dentro de este Parlamento una comisión de investigación que llame a dar testimonio de sus responsabilidades a los diferentes sectores implicados en este lamentable incidente que está condicionando la vida política de Constanza. En virtud de ello, hemos elaborado una lista de presuntos implicados: empresa de pinzas *Lagarto*; empresa de medias *Mary Sony* y el nieto de la señora Mestretta.

Todos los grupos parlamentarios (que dicho de paso eran tan sólo dos, el equipo de Gobierno y el de la oposición) estuvieron de acuerdo en la creación urgente de aquella comisión de investigación sugerida por Otilio Álvarez.

Una vez formada la comisión y en maratoniana sesión parlamentaria, fueron compareciendo los presuntos implicados. Siendo la primera en hacerlo la empresa *Lagarto* de pinzas de madera fundada en 1800 por el señor Antonio Eceiza Dos Santos, delegando la responsabilidad en la persona de la señora Doña Genoveva Eceiza Solana presidenta del consejo de administración de la citada fábrica de pinzas, que fue interrogada en la sala que la comisión de investigación creada para el caso había preparado en la tercera planta del edificio del Parlamento.

—Señora Genoveva —comenzó diciendo el representante de la oposición en la comisión de investigación—, como Presidenta del Consejo de Administración de la fábrica de pinzas de madera *Lagarto*, ¿cómo contempla la responsabilidad de esta empresa en los graves incidentes que nos ocupan?

—No la contemplo en absoluto. —Genoveva Eceiza habló con tal rotundidad que su respuesta dejó un tanto perplejo al representante de la oposición.

—Pero el par de medias de la señora Lorenza Mestretta salió volando a pesar de estar sujeto por las pinzas marca *Lagarto*. ¿Cómo explica usted eso? El representante del equipo de Gobierno realizó esta pregunta mirando fijamente a los ojos de Genoveva Eceiza, con el tono seguro del fiscal que cree haber dado con la pregunta clave para acorralar al acusado.

—Las pinzas *Lagarto*, como el resto de las

pinzas del Mundo no están preparadas para huracanes, señor —respondió con autosuficiencia y rintintín Genovea Eceiza.

—Pues deberían estarlo —saltó como un gato que le hubieran pisado el rabo, el representante de la oposición—. Y si no lo están, advertirlo en su envase para que el comprador sepa a qué atenerse.

—Eso no se sostiene —dijo Genoveva Eceiza mirando al representante de la oposición como quien mira a un insecto insignificante—, porque en ese caso, los políticos también debieran advertir de forma impresa en el voto que depositamos como electores en las urnas: «También nosotros le podemos defraudar».

—No señora, no es lo mismo —respondió algo estupefacto el representante del equipo de Gobierno removiendo unos papeles sobre la mesa.

—¡Vaya que sí lo es! Al fin y al cabo ustedes como políticos ofrecen sus servicios a cambio de nuestros impuestos y la fábrica de pinzas *Lagarto* vende sus pinzas.

—Su postura es de lo más irresponsable —le respondió agriamente el representante de la oposición, él también como el representante del equipo de Gobierno estaba nervioso y jugaba entre sus dedos con un bolígrafo.

—No hay en mi razonamiento nada de irresponsable —exclamó indignada Genoveva Eceiza—, tan sólo ocurre que la fábrica de pinzas *Lagarto* no tiene porqué cargar con las culpas de nadie.

Todo era inútil, la comisión de investigación ya había decidido culpabilizar a la fábrica de pinzas mediante un informe en el que se explicara claramente que dicha empresa había incurrido en una falta de negligencia grave por no haber advertido con antelación al consumidor de que sus pinzas no resistían vientos fuertes.

De todos modos la señora Genoveva Eceiza no era de las que se achantaban fácilmente, y una vez oída la resolución no pestañeó siquiera, se levantó y con actitud firme exclamó con la cabeza bien alta:

—¡Señores, tengo abogados, la fábrica de pinzas *Lagarto* no nació ayer, lleva muchos años luchando para que ahora vengan a darle lecciones de comportamiento! —Y abandonó la sala dando un sonoro portazo.

De modo que la comisión de investigación contaba ya con una presunta culpable en el proceso, las cosas marchaban bien. En segundo lugar se tomó declaración a la empresa de medias marca *Mary Sony*, acudió a la cita un hombre que era la viva imagen de un maniquí de escaparate.

—Se presenta Carlos Turrillas Valdemar —dijo el delegado en Constanza de la casa de medias marca *Mary Sony* haciendo una pequeña reverencia, al presentarse ante la comisión de investigación.

—¿Qué opinión le merece lo ocurrido con el par de medias de la señora Lorenza Mestretta? —preguntó el representante de la oposición.

—Lamentable —contestó Carlos Turrillas, acompañando sus palabras de un gesto de afectada tristeza.

—Esta comisión cree que la empresa de medias *Mary Sony* tiene algún tipo de responsabilidad en la grave situación política creada. —El representante del equipo de Gobierno disparó sus palabras con un tono pulverizador, de *esos* que dejan pocas oportunidades de defenderse al contrario.

—¿Cómo? —Verdaderamente la acusación había cogido a Carlos Turrillas totalmente desprevenido—. No le entiendo, señor —balbuceó.

—Pues es muy sencillo —prosiguió en actitud autosuficiente el representante de la oposición—. Ustedes llevan varios meses colocando sus vallas publicitarias en toda Constanza, incluso en los barrios más pobres, ustedes se meten también con los anuncios televisivos en los hogares más humildes, creando expectativas a toda esa pobre gente.

—Pero todo eso que me dice es legal, es normal. ¡Cumplimos las reglas del libre mercado! Contestó perplejo el delegado de *Mary Sony*.

—Pero también el Libre Mercado ha de tener un poquito de sentido social, ¿no cree? —El representante de la oposición saltó como una fiera sobre Carlos Turrillas.

—No acabo de entenderles. —El delegado de la empresa de medias *Mary Sony* estaba realmente aturdido—. ¿Insinúan acaso que la publicidad debe limitarse tan sólo a los barrios de alto poder adquisitivo? Pero entonces, ¿dónde queda el principio esencial de toda empresa que se precie de creación y potenciación de mercado? Además el programa del Gobierno propugna desde hace muchos años el libre mercado.

—No se vaya usted por los cerros de Úbeda. Aunque no lo quiera admitir está muy claro, si la señora Lorenza Mestretta hubiera tenido mayor poder adquisitivo no se hubiera preocupado tanto por la pérdida de sus medias, y por consiguiente no se hubiera armado semejante escándalo. La empresa de medias *Mary Sony* habrá de responder ante los tribunales sobre el cumplimiento de algunos puntos sobre deontología publicitaria. —El representante del equipo de Gobierno miraba al delegado como a un presunto delincuente.

—¡Nuestra empresa es líder en el sector de ropa interior! Esto puede causarnos un grave problema.

—Lo siento —respondió el representante de la oposición—. Esta Comisión sabe su cometido, ahora le agradeceríamos que abandonara la sala, su empresa será requerida judicialmente cuando proceda.

El delegado de la empresa de medias *Mary*

Sony no se lo podía creer, las piernas le temblaban, al intentar levantarse casi se desmaya. Al salir del edificio del Parlamento veía cercano su futuro como mendigo en las calles de Constanza.

En tercer lugar se presentó ante la Comisión de Investigación el nieto de Lorenza Mestretta, Luis Heredia Mestretta. Se trataba de un niño de diez años alto y delgado, con vaqueros y una zamarra negra repleta de chapas y pegatinas de todas clases. A pesar de su corta edad su mirada era desafiante, como de alguien ofendido en lo más profundo de su honor, todo en él parecía indicar además que aquella situación en la que se encontraba no le amedrantada en absoluto.

Esta vez fue el representante del Gobierno el que se dirigió a él con una pregunta aparentemente simple.

—¿Está usted seguro de que el martes doce de junio estando la ciudad asolada por un fuertísimo viento, vio usted entrar volando por una ventana de este Parlamento las medias de su abuela Lorenza Mestretta?

—Sí señor, lo estoy.

El representante del Gobierno se quitó las gafas, y adoptando el aire benevolente de alguien que quiere que su intervención no cause ningún tipo de suspicacia, prosiguió diciendo:

—Pero usted habrá oído hablar alguna vez de las falsas visiones o alucinaciones, ¿no?

El nieto de Lorenza Mestretta miró en ese momento al representante del Gobierno como si le hubiera hablado directamente en chino.

—No le entiendo nada —dijo.

—Veamos, en su famoso tratado *Las visiones de los fantasmas*, Arthur Schopenhauer trata entre otros termas de las falsas visiones ocasionadas por una alteración cerebral, esta alteración cerebral puede tener su causa o bien en alguna enfermedad, no es este caso obviamente, o en alguna extraordinaria circunstancia que turbe las facultades mentales hasta el extremo de distorsionar considerablemente la percepción de las cosas pudiendo llegar a ver lo que no es. Pues bien, es fácil suponer que su ánimo, como el de todos los habitantes de Constanza en aquellos momentos, estaría profundamente alterado debido al fuerte viento que arrasó la ciudad durante horas, y es fácil así mismo imaginar que bien pudo usted, en esa extrema circunstancia emocional, confundir las medias de su abuela con otro cualquiera de los cientos de objetos que en aquellos momentos volaban sin orden ni concierto por todas partes, o que de igual modo pudo usted confundir el destino de la trayectoria de las medias y creer que entraban por una de las ventanas del Parlamento cuando en realidad entraron por alguna otra ventana de los edificios colindantes, ¿no es así?

—No, las medias de mi abuela entraron por la segunda ventana del tercer piso del Parlamento, las vi perfectamente, en ese momento ellas solas volaban a esa altura, todas las otras cosas volaban mucho más abajo.

Entonces el representante del Gobierno dio por terminada su intervención y tomó la palabra el representante de la oposición.

—Quiero preguntarle únicamente una cosa. Como usted sabe, gracias a la nefasta política medio ambiental del actual equipo de Gobierno, ni en Constanza ni en sus alrededores existe un solo árbol, suponiendo que cerca del edificio del Parlamento o en sus inmediaciones hubiera habido árboles, como ocurre en el resto de ciudades civilizadas, ¿cree usted que las medias de su abuela pudieran haber quedado retenidas en alguno de ellos, sin entrar en el Parlamento?

—Puede, pero se hubieran roto de inmediato, y ahora tal vez estén todavía enteras.

Al representante de la oposición se le agrió el semblante al comprobar que la imprevista respuesta de aquel niño había tirado por tierra el ataque que había previsto contra la política medio ambiental del Gobierno, así que con semblante contrariado, dio por terminada su intervención.

Lorenza Mestretta pidió permiso para intervenir, pero el presidente del Parlamento se lo impidió alegando que como primera implicada en el incidente de las medias, con toda seguridad su testimonio adolecería de imparcialidad, que procedía tan solo el testimonio las empresas *Pinzas Lagarto* y *Mary Sony*, junto con el de su nieto, y que por favor no complicara mas las cosas que bastante lo estaban ya.

Ante esta airada respuesta Lorenza Mestretta se quedó hecha una furia, y levantándose con ademanes de quien se siente gravemente ofendida en su honor salió del hemiciclo dando un sonoro portazo.

La comisión siguió dilucidando durante horas, días y semanas con turnos de preguntas y respuestas y acalorados debates que finalizaron en uno generalizado sobre el estado de la nación que resultó deplorable para el equipo en el Gobierno, tanto que la gran mayoría comenzó a pensar que a partir de aquel lamentable incidente de las medias de Lorenza Mestretta, el Gobierno daba ya por perdidas las próximas elecciones.

Y así fue, pero las medias siguieron sin aparecer, y la política cambió, pero a peor, ya que cuando el partido de la oposición tomó el poder, la primera declaración institucional que hizo fue para dejar bien claro que en caso de huracanes, inundaciones u otras catástrofes imprevisibles, el Gobierno no se haría en absoluto responsable de las propiedades de todo tipo que pudieran traspasar las puertas o ventanas de los edificios institucionales, no habría devoluciones y el ciudadano sería el único responsable de no haber afianzado correctamente sus enseres personales.

Con esta sumarísima declaración, Constanza quedó sumida en el más grande de los desconciertos, que animó en los años venideros revueltas sociales sin precedentes, que fueron sucediéndose sin interrupción en medio de constantes cambios de gobierno. En realidad todos los historiadores están de acuerdo que aquel caos político se gestó a partir de la desaparición de las medias de Lorenza Mestretta, un día de viento huracanado en la ciudad de Constanza. También llamada «La ciudad de arena».

Otros títulos de la Serie de narrativa
RELOJERO DE BANAGUÁS

Otros títulos de la Serie de poesía
AZUL DE METILENO

Esta primera edición de
Las medias perdidas de Lorenza Mesttreta
número 19 de la Serie Relojero de Banaguás,
se terminó de imprimir en abril
de 2025.